JN227960

時の通る場所

北沢秋恵詩集

土曜美術社出版販売

詩集　時の通る場所＊目次

I

カバー写真／永島麻実

詩集　時の通る場所

I

花鳥風雲月

花には鳥
風には月
対になるものがあれば嬉しい
風と月の間には雲があって
三者になればなお嬉しい
訪れる鳥に花は未来を託す
託された鳥は知らぬこと
知らぬともかまわない

ちゃんとやり取り成立する
風と月にはやはり薄い雲があってほしい
そうでなければ風と月は遠い

昼の花と鳥
夜の風と雲と月
昼の色合い、肌触り
夜の香りと気配
ぐるりと回転する

花や月などに目を奪われて
時を消費する幸せは
少しでいい

トマト

汗をかいたトマトを丸かじりした
加える物は何もいらない
こぼれた果汁は天然の色
白い布巾をうっすらと染めた
幼過ぎない子どもだった夏
見えない魔物の気配を感じた
強い太陽と濃い影
耳の奥に侵入するセミの声

夏の前に

庭の三方を囲むフェンスに
ブラックベリーがつるを伸ばし
絡みつき
別の方向に広がり
たくさんの花を咲かせている
白にほのかなピンクを添えた花は
やわらかい明かりのように
庭を包んで咲く

春に目立たないように成長する夏が
瞬きする
黒いつぶつぶの果実が
やがていっぱい付く
熟れたベリーの深い香り
指を染める赤紫の液が
蘇る
去年の夏と今年の夏
少しずれた絵が眼前に描かれる

雨の日に

雨の日には雨に染まる
染色される余白が私にあるからだろう
木の葉の緑や
フェンスを彩る木の実の赤や
土の上のマリーゴールドの黄色は
滲んでいるように見える

雨音の代わりに

ラジオの雑音が聞こえる
聞こえる歌の中にも雨が降っている
その雨を聞き流している
聞き流してはいけない物を捉えるために
私はプラスチック容器のような物になる
透明すぎないように少し色を付けて

盛夏

エアコンの室外機の風が
白いＴシャツを揺らしている
スモモの木が色濃く繁っている
空は陶器のように青い
夏が勢力を拡大しているのだ
私は後ずさりして、身構える
私によく似た人が
どこか遠い炎熱の下で

はだしで自分を支えているだろう

水無月のある日

水無月と名付けられた雨の季節
ナス・キュウリ・ピーマンそれぞれが
水を弾いている
おままごとのような野菜作りを楽しむ夫から
お裾分けを受け取った
健やかを掌ほど増やせたらいいね

家の中に棲んでいるらしい小さいクモに

今日も出会った
アシが長くないから愛嬌がある
うちのクモと言ったら笑われた
壁を自由に動き回っているけれど
このクモの世界はどれほどのものだろう
私の生きる世界と比較したら変だろうか

年月

草を煮詰めた液に浸り
竿にかかって風にさらされ
太陽に照らされ
夜露に濡れて
何日も吸収して出来上がった
染布が私とする
少し弾力があり
皺が寄り

所々滑らか
ざらつきもする

掛ける、覆う
くるむ、包む
まとう
脱ぐ、広がる
いくつもの動詞を伴い
年月を刻む
ほつれた糸を隠せない
古木の肌色に近づく

夏の庭

スモモの木の下にかがむと
夏の陽射しを遮る空間に呼ばれる
風が緑の葉を揺さぶり
その葉が肌に触れる
そこと　ここと　あそこと　土の色が違う

ここにかがむと小さい人になる
フェンスに止まった鳥がこちらを見ている

子どもでもなく大人でもない人間を
品定めしている
息をひそめて見返す

完熟したベリーの甘酸っぱい匂いがする
鳥が食べた残りだ
鳥はたいがい仲間ではない
隙があればこちらの目を突こうとしている
乾いた土が舞い上がる

夏の庭　Ⅱ

色褪せたアジサイの花と
つややかな緑の葉の組み合わせで
庭の一角を占めている
後退していく色は消えていく命の姿
そしてその側で色めいていく命がある
瑞々しく輝きながら
そのざわめきに
消えていく命はうっすらと目を開ける

私もこんなだったろうか

色褪せたアジサイの気持ちになってみた
雨の滴がポツンと落ちて
私が薄目を開けてみると
アジサイは濡れてきれいだった

寄り添い
想像し
なりすます
それが私の詩だと言われたらどう答えよう

デザイン

言葉と図と絵と立体構造物が
デザインされ
繋ぎ合わされたとき
小さい世界も大きい世界も
変わっていく
最初の波動が
ジグザグと伝わって
伝わらなくて
ぎこちなく動く

止まる
跳びだす
走る

言葉が感情を込めすぎて
図が修正ペンを落とし
絵が色彩を迷い
立体構造物が遊びすぎて
目指すものを忘れたように見えた
だが目指すものはあったのだろうか
なければいけないのだろうか

時間がとてもゆっくり消化している

平滑空間

砂漠、草原、青空、海洋、氷上
それは平滑空間
平らに、滑らかに、どこまでも開けている
空間を区分し管理する者はいない
そこにいれば人は朗らかだ
それぞれに好きな一杯の飲み物がある
自分のカップを所持して
移動する民

その周囲を風が回る
雲と日光が表情を変える
風の中からいくつかの歌が生まれる
誰かがその歌を口ずさむ
こぼれた言葉を拾う者がいる

新しい命が生まれる
その傍らで胸を張って死んでいく者がいる
都市の中にも平滑空間は創造されるという
だがそれはまだ確かめられていない
私の背中が平滑空間に引き寄せられていく

水引

卵色をした一輪挿しがある
掌で包み込めるサイズの物だ
作った人の名前は覚えなかった
街の小さなギャラリーで見つけた
滑らかな曲線
やわらかい光沢
そして小さい
私の目には他の物が入らなくなった

その一輪挿しに水引を挿した
それはささやかな祝福を伝えてくれる
私が一番長く座る場所の
左手前の棚にあって

　生まれる
　いつか生まれる

それはやはり卵だろう
どこかで紛れ込んでしまった生き物の原型
引き寄せて
引き寄せられて
後を引く

『座るバラ色の裸婦』*

今この時こそが命そのもの
と思うけれど
マティスはその命を永遠へと昇華するために
透明の繭で包んだ
細い輪郭はおぼつかない
それでいてそこにあるものを
動くそれを示してくれる
輝くバラ色の裸体は

体温を
巡る血液を
細部にまで届く神経を
やわらかく抱いている
その人の顔に目、鼻、口はない
けれど
泣き、笑い、苦悩し、怒り、まどろむ
誰にも触れることのできないそのバラ色を
初めて観た

＊「座るバラ色の裸婦」アンリ・マティスの絵画。

『選ばれた場所』*

茜色の空から滲み出た色が
青空にささやく
青が抱いていた墨色が広がる
暗い葡萄色の土地が傾いている
それを
キリリとした藍色の帯が引き締めている
一夜きりの景色に
明るい衛星が浮かんでいる

街の地図をぐるりと映す
その星こそ彼が選んだ場所なのだ
今までの営みの一部を手放さずに
片方の腕で仕事をする
やはり働く人らしい

＊「選ばれた場所」 パウル・クレーの絵画。

II

回転

その場所で
私は背丈ほどもある歯車を回していた
何も変化していないように見える速度で
小窓から差し込む光線に
その金属特有の光沢が反応していた
一方把手のあたりにサビが浮き出ていた
歯車は熱を帯び
天井からの冷風がそれを冷ました

私は力を込めて
全力を注いで
歯車の回転に携わっていた
額に汗が滲んでくると
力を緩め
時々休息をとった
ラジオの音楽を聞くともなく聞いていた

私は自分のために歯車を回しているのだ
自分の時間をゆっくり前に進めるために
そこにいたのだ
その場所から戻った私はそう了解した
カーテンの隙間から早朝の気配が入ってきた

海の結晶

「海からの塩」を一袋
戸棚の中にしまっている
今使っている塩の予備としてしまっている
それは長いことそこにある
けれど忘れることはない
一日を過ごすことに疲労を覚える頃
「海からの塩」はさざ波の音を立てる
鳴ったり、消えたり不規則に

海は遠い
はるかに遠い
それでも、私の子宮が潮に満たされた
時があった
その満ち潮と引き潮を覚えている
覚えているのは子宮なのか
私の脳なのかわからない
海の結晶はとても白い
そんなにも洗われてきたのだ

思考と出来事

それは単位のひとつではなく
ひとつの機能だ
それが作用するとき、ある変容が開始する
ゆっくりと、時にねじれるように
色の微妙な変化は眩しい
極まったように開花
光と水を吸収して、放出して
それはひとつの機能の過程

そして結果
次の段階への送り出し

半分切り落とされた植物を飼育した
それは長く緑を保った
そして茎の切り口から根が発生し
根はガラスの花瓶の中で広がった
それは新しい命を繋いだ
何事もなかったようにそこにある
どこに機能は宿ったのだろうか
出来事は思考を超える
たとえば
新しい根がプラネタリウムを編み上げている

門のない家

門のない家に住んでいるから
内と外のことを考えなくてよい
内と外の間というものもない
内と外はいつでも出たり入ったりしている
ガラス戸を開ければ小さい庭があって
庭の向こうは道路
風通しの良い低いフェンスがあるだけ
オープンなのだ

閉じようと思わなければ
たくさんの音が聞こえる
天気の良い日には日光が
ザーと部屋中に入り
曇った日には
湿った空気が音もなく入ってくる
何の構えもなく出かけて行くことができる
それなのに夜になると遮断しようと思う
窓を閉め重いカーテンを引き
照明を点ける
闇が入り込まないように
それが内にある闇と繋がってしまわないようにと
だが明かりを消せば気づく

夜が家中を満たしていることに
内と外を隔てるものはレースのように薄い

助走

雨音を遮断して
レースのカーテン越しに
樹木を眺める
向こうはこちらをスルーしている
空気を刻む時計の音
ぼんやりした照明
ベージュ色の静物画
壁の一部の本棚

雑然とした机
古びた椅子
それらに囲まれた私がいて
「助走」という言葉について考えている
跳躍を促す走り
新しい段階に踏み出すための準備
停滞した時を動かすための行為
忘れていた言葉の周りが明るい
考えることが私の助走だったのだ

企て

「企て」
それはひとつの着地点を思い浮かべて
心と体を動かすこと
その時見える絵を私は記述する
その絵は私にとって新しい
そして指の先端からこぼれる色を添える
庭に成った無花果と呼ばれる果実の色を
眠りにつく直前の濃密な色を

私は語る人ではない
黙して記述する
「企て」は乱れながら進行する
それは少しも私の物ではない
私が長い時間を費やして
目にした物は
枝分かれして付いた果実
さらに小さい実になって増えていく

知識

私の知識はシーツのようなものなのか
私が夜の眠りに落ちるとき
落ちていく私を支えるベッドを用意してくれる
揺らぐその場所を区切ってくれる
外からの悪意から逃げたいとき
その侵入を遮ってくれる

長い時間積み上げてきた知識が

減少に転じたのを知ったとき
背中を流れる冷たい感覚があった
足元が頼りなかった
知識は束ねられた古紙のようなものか
崩れるのではなく少しずつ消滅していく
不思議

私は今また新しい知識を得ようとしている
いらなくなったものは手放して
差し引きなど気にせずに
ただし知識は私の目を塞ぐこともある
と忘れずにいよう

それからのこと

私の胸にある湖が青をなくした
無色透明の水と岩ばかりの水底
雨音がする
小さい波紋が広がる
雨がやさしいのは立ち話をする二人にだけ

雨を避けるための屋根がほしい
自分で組み立てなければならない

試行錯誤
思考錯誤
雨が止んで歩き出す

湖から少し離れた所に川が流れている
魚が泳いでいる
あまめ　いやヤマメだったりしたらうれしい
魚の光る背と赤い腹を
一瞥で射止める
火を焚き　魚を焼き　食べる

カラーの丈夫な葉が繋っている
お皿代わりにした

魚の身はほろほろとほぐれる
食べることができれば人は立ち上がれる
色が戻ってくるのを待つこともできる

指先

ホッチキスの針に指を刺された
意外に痛い
ファイルをふくらませていた文書を
整理していた
様々な説明文書
健康診断の結果
診断書の写し
通知文書

領収書
どれも一つの意味しか持たない文書だ
だが見直すと私の十年が透けて見える
半分は苦しかった
その内の半分はとても苦しかった
後の半分は比較的穏やかだった

できるだけ廃棄しようと作業を進めた
個人情報が載った物の処分は気を遣う
私を判断される物は人目にさらさないように
そうやって私の歳月を位置づける
私の抱えた痛みも指先の小さい傷に
縮小できた

とても細い糸

細糸をさらに百分の一にした細い糸がある
手を伸ばせば
霧がまとわりつくような感触がする
やがて腕の内側のやわらかい部分に
かすかな息が吹きかかる
目覚めようとしているのだ

古い伝承によると

その糸には荒ぶる過去があった
変色し破れ目のある書物は
いつの時代かの創作だろう
信じようと信じまいとかまわない
と開き直っている

本当は、それは科学技術が生み出した繊維
ガラス空間の中で、白い照明を浴びている
近い将来医療分野で活かされるかもしれない
卓越した形が機能を備えたとき
それは生命を宿したと言ってもよいだろう
その瞬間を目撃するのも人間なのだ

いや、生命までの遠い距離は縮まっていない
どれだけ細くなったとしても
視界を超えた繊維がチリチリと鳴る

今日

耳たぶの裏側に触れたものがある
背後から通り過ぎながら
何の合図だろう
座り慣れた椅子に座って
ぼんやりしている私の側にいたものが
立ち去る仕草だったろうか
時計の音が途切れ途切れに大きくなる
それもまた促しているようにも聞こえる

「今日することのほとんどは済ませた」
カーテンを通して見える傾いた今日が
色褪せている

冷えたフルーツゼリーをすくったとき
揺れた
舌の上でも揺れた
牛乳をたくさん入れたコーヒーの
氷がカタンと音を立てた
ラジオから流れるレミオロメンの曲を
いいなと思った
今日は台所、居間、玄関、寝室と
拭き掃除をした

漢字学習もしたし
体操もした

並べ立てた日常のあれこれは
自分を弁護するには弱い
今日に潜む魔物は
じわり普通の顔になる

贈り物

一、二、三、四、五、六
一は初めての意味がある
たったこれだけの意味もある
唯一という宝物の意味だってある
ひとりが二人になった時
引力が生じる
肩の力を抜けば寄り添う意味が二に備わる
三は間に入ったものに接着力がある

安定した三角
リズミカルな三つ
四はホームだね
寒さも暑さも防いでくれる
引っ張り合う数字かもしれない
五、六が動き出す
二人兄弟の家にもうすぐ双子の
赤ちゃんがやってくる
とてもにぎやかな贈り物が届くのだ

時の通る場所

「時の通る場所」は書かないと決めていた
けれどどうやら書き出してしまう
その場所についてはたくさん書いた
その場所にいるぼんやりした私の像が
きっと見えたに違いない

その場所の限定性と継続性
正面と背後

ずっと一体
そうではない
ある時それは分離する
やさしく痛い別れ
一筋の血が流れる

思い出にしてほしい
硬い木の実のように割れない思い出に

はる

袖擦り合うには面積狭すぎる
風も通らない
だから薄い縁さえ結ぼうとは思わずに

とは言え
窓辺にも春の風が
花の香をかすかに帯びて
ひらり　ふわり
本のページに触る

少ない書物と結ぶ他生の縁を
気づかせてくれる
言葉の海にどっぷりつかりたいと思うけれど
水際でおそるおそる片足を濡らす
そんな感じ

いつのまにかうとうとと
やわらかい時間に包まれていて
窓から見える緑の葉がほころんでいる
おかしな所で途切れてしまった文字を
繫ごうと苦心して
とうとう笑ってしまう
急ぐことはない

あとがき

前回の詩集『日常からファンタジーへの細い通路』から二年の時が経ちました。

地球温暖化のせいで、家にいる時間が増えて、詩を書く時間が多くなりました。思うままに詩を書いて、その結果詩集を作りたくなりました。気持ちの芽生えから動き出すまで速かったと思います。

好きなようにさせてくれる家族に感謝しています。

二〇二四年　秋

北沢秋恵

著者略歴
北沢秋恵（きたざわ・あきえ）

1949 年生まれ

「詩人会議」「武蔵野詩人会議」会員　「鹿」同人

詩集『インフレーション』1991 年
　　『千枚の葉、ミルフィーユ』2009 年
　　『読む人、描く人』2014 年
　　『想像するだけで』2020 年
　　『日常からファンタジーへの細い通路』2022 年

現住所　〒411-0029　静岡県三島市光ヶ丘 1-3-13　永島方

詩集　時の通る場所（ときのとおるばしょ）

発行　二〇二四年十一月二十三日

著者　北沢秋恵
装幀　直井和夫
発行者　高木祐子
発行所　土曜美術社出版販売
〒162-0813　東京都新宿区東五軒町三―一〇
電話　〇三―五二二九―〇七三〇
FAX　〇三―五二二九―〇七三二
振替　〇〇一六〇―九―七五六九〇九
DTP　直井デザイン室
印刷・製本　モリモト印刷
ISBN978-4-8120-2875-9　C0092